QUEL EST CE BRUIT?

Pour Claude,
Philipp et Alexander

QUEL EST CE BRUIT?

Michèle Lemieux

Texte français de Christiane Duchesne

Scholastic Canada Ltd.
123, Newkirk Road, Richmond Hill (Ontario) Canada

Données de catalogage avant publication (Canada)

Lemieux, Michèle.
  Quel est ce bruit?

Traduction de: Was hört der Bär?
ISBN 0-590-73685-X

I. Duchesne, Christiane, 1949-   . II. Titre.
PS8573.E546W314 1990   jC833'.914   C90-094532-X
PZ23.L455Qu 1990

ISBN 0-590-73685-X

Titre original : Was hört der Bär?

Édition publiée par Scholastic Canada Ltd., 123, Newkirk Road, Richmond Hill (Ontario) Canada L4C 3G5, avec la permission d'Otto Maier Verlag, Allemagne.

4321   Imprimé à Hong-Kong   01234/9

QUEL EST CE BRUIT ?

Un gros ours brun s'éveille après un long sommeil.
«J'ai entendu un bruit, se dit-il, un drôle de petit bruit.
Et je l'entends encore.
Ce n'est pas le bruit que font les souris.
Mon bruit à moi ne fait pas *couic-couic*.»

Ours Brun s'étire et il bâille.
«Ai-je dormi tout l'hiver ou seulement une nuit?»
se demande-t-il.
Soudain, il a très faim.

Non, ce drôle de petit bruit, ce n'est pas son estomac qui crie.
Ce ne sont pas les oisillons dans leur nid. *Piou-piou*.
Ce ne sont pas les grenouilles dans le ruisseau. *Croac-croac*.

Ours Brun arrive à la lisière de la forêt.
«Je cherche mon petit bruit, dit-il à l'arbre.
Ce n'est pas un *couic-couic*.
Ce n'est pas un *piou-piou*.
Ce n'est pas un *croac-croac*.»

«Ce sont peut-être les bûcherons? demande l'arbre.
Leurs haches font *tchac-tchac*.»
Mais Ours Brun répond :
«Non, ce n'est pas mon bruit.
Mon bruit à moi ne fait pas *tchac-tchac*.»

Ours Brun s'arrête pour demander au poisson
s'il connaît ce bruit.
«Ce n'est pas un *couic-couic*, un *piou-piou*,
un *croac-croac* ou un *tchac-tchac*», dit l'ours.

— Eh bien, dit le poisson, c'est peut-être la roue
du vieux moulin qui bat l'eau du ruisseau?
Elle fait *cric-plouf, cric-plouf*.
— Non, répond Ours Brun. Ce n'est pas mon bruit.
Mon bruit à moi ne fait pas *cric-plouf*.

Ours Brun grimpe sur la falaise.
Là-haut habite un vieux hibou.
«Entends-tu mon bruit? demande Ours Brun.
Ce n'est pas un *couic-couic,* un *piou-piou,* un *croac-croac,*
un *tchac-tchac* ou un *cric-plouf.*»

Mais le hibou lui répond :
«Je ne sais rien de ton bruit.
Tout ce que je connais, c'est l'heure des repas.
Et voilà justement l'heure de mon dîner.»
Ours Brun se rappelle alors qu'il a très faim lui aussi.

Il continue à marcher et aperçoit une ferme.
Le fermier et sa femme s'en vont cueillir les légumes.
«Comme ces tomates semblent juteuses, dit l'ours.
Tiens, je vais faire un gros bruit», se dit-il.
Il lance une pomme dans la mare des canards. *Plouf!*
Les oies et les canards se mettent à piailler.
Le fermier et sa femme se retournent . . .

. . . et Ours Brun vole un panier plein de tomates pendant que personne ne regarde.

Il se cache derrière un buisson
pour dévorer les tomates,
tandis que le chien de garde,
lui, se fait gronder.

C'est à ce moment-là que le bruit revient.
Poum-poum, poum-poum.
«Si je mange du miel, pense Ours Brun,
peut-être qu'il s'en ira.
Et s'il ne s'en va pas, il me restera toujours
le goût si doux du miel. La nuit va tomber.
Alors, je vais marcher à pas de velours
jusqu'à la ruche . . .»

«Aïe! Aïe!» Les abeilles piquent Ours Brun
sur le museau, là où ça fait très mal.
Il se sauve aussi vite qu'il le peut.
Et pendant qu'il court, il entend de nouveau le bruit,
poum-poum, poum-poum.

La nuit se fait froide, humide et sombre.
«Brrr, fait Ours Brun. J'ai la fourrure mouillée.
Je veux m'en retourner dans ma tanière.»

Mais le tonnerre gronde . . . *poum-poum, poum-poum*.
Ours Brun croit qu'on court derrière lui.
Il court encore plus vite.

Enfin chez lui, Ours Brun regarde le soleil se lever.
Le bruit s'est fait plus calme, plus lent,
comme s'il était fatigué d'avoir couru lui aussi.

Ours Brun sent le sommeil l'envahir.
Il est temps que les oiseaux partent vers le sud.
Et il est temps pour lui de se coucher pour l'hiver.

C'est au moment de s'endormir qu'Ours Brun découvre
enfin quel est son petit bruit.
«C'est en dedans de moi, songe-t-il.
C'est mon coeur qui bat.
C'était donc ça, mon bruit.»

Ours Brun dort maintenant très profondément.
Mais un beau matin, lorsque la neige aura fondu,
il s'éveillera de son long sommeil,
il entendra son coeur battre
comme auparavant et il saura alors . . .

. . . que le printemps est revenu.

Et le gros ours brun dansera de joie.

Michèle Lemieux est née au Québec. Illustratrice de livres et de magazines, ses oeuvres ont été publiées en France, en Allemagne de l'Ouest, au Royaume-Uni, aux États-Unis, au Canada et au Japon. Elle a illustré la version album tant acclamée de *Amahl et les visiteurs de la nuit* de Gian Carlo Menotti. On lui doit également *Magie d'hiver* de Eveline Hasler et *Un cadeau de saint François* de Joanna Cole. Elle vit à Montréal avec son mari.